LYRE D'AMOUR,

SUIVIE

D'UNE BIOGRAPHIE

DES

POÈTES NÉS DANS LE DÉPARTEMENT DE LA CHARENTE;

Par Eusèbe Castaigne.

PRIX : 1 FRANC 50 CENTIMES.

ANGOULÊME,

CHEZ LAROCHE, LIBRAIRE, PLACE DU MURIER.

IMPRIMERIE DE JEAN BROQUISSE.

1829

LYRE D'AMOUR.

LYRE D'AMOUR,

SUIVIE

D'UNE BIOGRAPHIE

DES

POÈTES NÉS DANS LE DÉPARTEMENT DE LA CHARENTE;

Par Eusèbe Castaigne.

ANGOULÊME,

DE L'IMPRIMERIE DE JEAN BROQUISSE.

IMPRIMEUR DE M.ᵍʳ LE DAUPHIN.

1829

Les Projets.

Vivez, aimez, c'est la sagesse :
Hors le plaisir et la tendresse,
Tout est mensonge et vanité !

A. DE LAMARTINE.

LES PROJETS.

L'HOMME peut-il du temps ralentir le passage ?
Sur les flots révoltés fait-il mourir l'orage ?
      Tient-il le soleil dans sa main ?
Lui qui, jouet léger d'une longue tempête,
Et la mort sous ses pieds et la mort sur sa tête,
      Ne sait pas s'il vivra demain.

Pourquoi donc, vain mortel, dans ta vaine misère,
Sur le sable mouvant d'une vie éphémère,
      Bâtir de si vastes projets ?
Et que te reste-t-il ? ce qui reste d'un songe,
D'un feu qui luit dans l'ombre et dans l'ombre se plonge :
      Le néant, souvent des regrets.

Tous ont vu se briser leur fragile espérance :
Des mères en esprit prolongent l'existence
  Du fils déjà mort dans leur scin ;
Et le soldat géant, qui foudroyait la terre,
Vit les glaces du Nord éteindre son tonnerre,
  Et tomba de son haut destin.

Tous, esclave, tyran, prêtre, guerrier et sage,
Sur le fleuve des ans ont trouvé leur naufrage,
  En voulant devancer son cours.
Pour moi, sur mon esquif laissant flotter la rame,
Je n'ai qu'un seul projet, ô moitié de mon âme !
  Le projet de t'aimer toujours.

L'Hymen.

Je veux que des baisers plus doux, plus dévorans,
N'aient jamais vers le ciel tourné ses yeux mourans.

ANDRÉ DE CHÉNIER.

L'HYMEN.

Qu'il descende au fond des tombeaux,
   Le célibataire farouche,
Qui de l'ardent amour repousse les flambeaux,
Et froidement s'endort sur sa stérile couche!
Vivant, mais déjà mort pour la postérité,
De son poids inutile il fatigue le monde;
   Pareil à la ronce inféconde,
Sans produire de fruits, il aura végété.

Ah! tel ne mourra point celui qu'hymen embrâse :
Il sent son cœur bondir en ses transports fougueux;
Et bientôt, succombant aux assauts amoureux,
Doucement il languit dans une molle extase.

    Plus tard, lorsqu'au déclin des ans
Sa tête aura blanchi sous la neige de l'âge,
Vieux chêne, projetant son antique feuillage,
    Il ombragera ses enfans.

Approche-toi, bien près, ô mon épouse aimée!
    Jette tes bras autour de moi;
Viens, je veux respirer ton haleine enflammée :
Ta bouche est un parfum; la volupté, c'est toi.

    Nos soupirs, nos baisers en foule
Se pressent; leurs élans ont pénétré mes os....
Ah! c'est trop de plaisir! un moment de repos....
    Dans ton sein mon âme s'écoule.

Adieu! désirs impatiens,
Trouble inquiet, fureur, ivresse,
Votre imprévoyante vîtesse
Vous a fait fuir avant le temps.

Doux et terrible amour! sous ton aile embaumée,
Mollement ont frémi nos cœurs,
Comme à la brise parfumée
Le soir on voit trembler les fleurs :
Mais, sous un ciel brûlant nous traînant avec peine,
S'il nous fallait gravir sur l'âpreté des monts,
Moins rapide et moins vif le feu de notre haleine
S'échapperait de nos poumons.

Oh! reviens à toi, femme aimante!
De voluptés encor tremblante,

Pose ton front léger sur mon bras étendu;

    Lasse de son ardente veille,

    Que ton âme en repos sommeille,

Puisque par le plaisir le calme t'est rendu.

Chant d'une Mère Souliote.

(D'après le grec moderne.)

O mères de Souli!..................

Vos voix criaient : « Mourons! » Dans les flots des ravins

Vous vous précipitiez sur vos fils, sur vos filles......

Hélas! vous périssiez, mais en les embrassant!

N.-L. Lemercier.

CHANT

D'une Mère Souliote.

« Mon enfant, tu souris; moi, je verse des larmes :
» Tu souris à l'aspect de ces brillans guerriers,
» A l'éclair flamboyant de leurs rapides armes
» Qui sillonnent là-bas l'ombre des oliviers.
» O toi que j'ai nourri, seul amour de ta mère,
» Tu l'ignores, mon fils, tu possédais un père !
» Souvent il t'embrassait.... Voilà ses meurtriers. »

Sur le pic menaçant d'une haute montagne,
  Ainsi parlait à son petit enfant
D'un Souliote égorgé la fidèle compagne.
Son teint était flétri; parfois son œil ardent,

2

Du désespoir exprimant le délire,
Epouvantait son fils se cachant dans ses bras;
Sur sa bouche parfois frémissait un sourire,
Mais le sourire du trépas.

« Ce sont eux; les voici : malheur à nos montagnes!
» Jeunes soldats, malheur à vos jeunes compagnes!
» Malheur à toi, mon cher enfant!
» Ton sang arrosera la pierre,
» Où ce matin ta mère
» Te berçait en chantant. »

Le hennissement des cavales
A frappé les prochains coteaux;
Le bruit éclatant des cymbales
Croît, mugit d'échos en échos;
Et le roulement funéraire
De la voix sourde des tambours,
Ebranle les sombres contours
Du rocher où gémit la mère.

« Voici l'instant : fuyons leur glaive ensanglanté....

» O mon fils ! tes baisers ont triplé mon courage ;

» Serre tes bras autour du sein qui t'a porté,

» Viens ; sous leur fer cruel on meurt dans l'esclavage,

» Là-bas nous trouverons la mort..... la liberté !.... »

Et la mère et l'enfant roulèrent dans l'abîme :

On entendit un cri qu'emporta l'aquilon ;

Et le vainqueur, riant de sa double victime,

Sur leurs corps fracassés fit sonner son clairon.

Ce Chant a été imprimé dans le *Panorama des Nouveautés Pari-
siennes*, du 27 août 1825.

Ma Mort.

Mais quitter à la fois une amante et la gloire,
Sans avoir consacré ses feux et sa mémoire!
Mais dans la foule obscure indignement périr!
Cette mort est affreuse, et c'est plus que mourir!

P. D. E. Le Brun.

MA MORT.

« Pauvre plante d'un jour, je naquis pour mourir :
» Parmi les fleurs du soir j'aurais voulu paraître ;
» Mais pour moi le matin c'était assez de naître,
     » Et je ne devais point fleurir.

» Mon cœur ne ressent plus son battement rapide ;
» Le feu de mon regard languissamment s'éteint ;
» Et déjà de la mort la main pâle, livide,
» Effeuille lentement les roses de mon teint.

» Et ma Lyre d'amour, l'avez-vous entendue
» Qui rendait sous mes doigts de si brillans accords ?
» Voyez-la maintenant lugubre et détendue,
  » Et murmurant le chant des morts.

» Adieu, Muse! avec moi ma gloire, hélas! succombe :
» Mon nom devait grandir, comme un vivant laurier,
» Mais son jeune rameau jaunira sur la tombe
  » Où je descendrai tout entier.

» Amour, doux aliment de mon âme ravie!
» Plaisir, hymen, adieu! connaît-il vos douceurs,
» Celui qui sans regrets abandonne la vie?
  » Moi, j'aime, et je verse des pleurs.

» Adieu, jardin paisible où ma timide enfance,
» Sous les yeux maternels posa ses premiers pas!
» Bientôt l'airain sacré, qui sonna ma naissance,
» Au monde indifférent redira mon trépas.

» Et toi, tu pleureras celui que tout ignore,

» O ma Sophie! et, seule avec tes longs ennuis,

» Le jour tu gémiras, sur le soir, à l'aurore,

    » Et bien tristes seront tes nuits!.... »

Ainsi je voyais fuir la vie,

Comme un pâle rayon sur l'horizon lointain,

Mais les baisers de mon amie

La rappelèrent dans mon sein.

Angoulême.

Le Ciel, d'où je m'approche, abaisse sa hauteur :
Et, dans l'immensité spacieuse et profonde,
Mon horizon recule à la borne du monde.
Là, fatigué de voir, je m'assieds pour rêver ;
Là, se pressent en foule et viennent me trouver,
Et les vieux souvenirs, et les nobles images.

J.-B. LA LANNE.

ANGOULÊME.

Salut à toi, cité géante!
J'admire tes flancs toujours verts,
Tes pieds que baigne la Charente,
Ton front élancé dans les airs.
Quand je m'élève sur ta cime,
Je ne sais quel instinct sublime
M'attache à tes hardis remparts;
Et là, de soins débarrassée,
Plus vigoureuse ma pensée
S'agrandit avec mes regards.

Oui, la rêveuse poésie,

Cette fille auguste des cieux,

Pour s'approcher de sa patrie,

Voulut habiter les hauts lieux :

Au spectacle de la nature,

L'esprit s'épanouit, s'épure;

L'âme respire en liberté;

Et le génie, ouvrant ses ailes,

Plonge, loin des ombres mortelles,

Au sein de la Divinité.

Cependant, ô cité magique!

De chantres tes murs sont déserts;

Et, sur ton rocher poétique,

Je n'entends ni voix, ni concerts.

Un jour, au gré de mon ivresse,

Si sur ma lyre avec largesse

La Muse épanchait ses trésors,

Souvent ton nom, belle Angoulême,

Viendrait, comme un souffle suprême,
M'inspirer de mâles accords.

J'évoquerais tes jours antiques,
Tes comtes, tes vieux monumens;
Et de tes libertés civiques
J'embellirais mes fiers accents.
Tu verrais alors ma mémoire,
Vivante auréole de gloire,
Ceindre ton front audacieux;
Et de tes sœurs la foule obscure,
Sur ton immortelle parure,
Jeter des regards envieux.

Et quel lieu plus que toi réclame
Mes hommages reconnaissans,
Porte plus de joie en mom âme,
Plus d'enthousiasme en mes chants?

J'ai vu la cité populeuse,

Et la demeure fastueuse

Où s'étale l'orgueil des rois;

Mais à leurs pompes inutiles

Je préfère les murs tranquilles

Où j'aimai la première fois.

La Naissance.

Il n'est point de route plus sûre pour aller au bonheur que celle de la vertu. Si l'on y parvient, il est plus pur, plus solide et plus doux; si on le manque, elle seule peut en dédommager.

J.-J. ROUSSEAU.

LA NAISSANCE.

Petit enfant, douce et frêle espérance !
Toi que nos cœurs avec joie ont reçu !
Mon fils ! faut-il chanter ou pleurer ta naissance,
Et le baiser qui t'a conçu ?

Petit enfant, que veux-tu de la vie ?
Viens-tu porter la chaîne des douleurs,
Ou traîner dans les cours, aux clameurs de l'envie,
Les fers plus pesans des grandeurs ?

Qu'une chaumière ou qu'un palais t'attende,
A tes destins oppose ta fierté;
Que jamais aux puissans ta vertu ne se vende,
La vertu fait la liberté.

Sans la vertu, la gloire est importune,
L'âme énervée, et le plaisir trompeur;
La vertu rend léger le poids de la fortune,
Et console dans le malheur.

Enfant! la vie est un désert aride,
Et le bonheur paraît dans le lointain :
Malheureux qui n'a pas la sagesse pour guide!
L'espoir l'abandonne en chemin.

O souviens-toi des conseils de ton père!
Peut-être, hélas! il se taira demain;
Et laissé, comme lui, bien jeune sur la terre,
On t'appellera l'orphelin.....

Petit enfant, douce et frêle espérance!

Toi que nos cœurs avec joie ont reçu!

Mon fils! faut-il chanter ou pleurer ta naissance,

Et le baiser qui t'a conçu?

Ma Gloire.

Peut-être j'oserais, et que n'ose un amant!
Egaler mon audace à l'amour qui m'inspire,
Et, dans des chants rivaux célébrant mon délire,
De notre amour aussi laisser un monument.

'A. DE LAMARTINE.

MA GLOIRE.

Que souvent, exalté par des rêves de gloire,
J'ai dit : « Foulons aux pieds l'arrêt obscur du sort;
» Les siècles passeront, et non pas ma mémoire;
» Je descendrai vivant au séjour de la mort!

» Je vais dans les combats illustrer mon courage;
» Et, lorsqu'avec fracas deux camps se heurteront,
» A travers les débris, les boulets, le carnage,
            » Sans peur lever mon front. »

Plus tard je méditais des leçons de sagesse :
« Républiques, naissez à l'ombre de mes lois;
» Moi, de vos jeunes ans soutenant la faiblesse,
» A l'orgueil couronné j'opposerai vos droits. »

Puis, tout-à-coup : « Je veux, ô sublime nature !
» Elancé jusqu'à toi d'un vol ambitieux,
» Marquer, en dévoilant leur brillante structure,
 » Ma place dans les cieux. »

Ainsi je m'égarais, et ma pensée ardente
Toujours de l'avenir franchissait les hauteurs.
Je n'avais point encor contemplé mon amante,
Savouré ses plaisirs et pleuré ses douleurs.

L'aimer et la chanter, quelle gloire plus belle ?
Couvrez-moi des lauriers de l'éternel printemps ;
Mes vers ne mourront point, car son âme immortelle
 A passé dans mes chants !....

FIN DE LA LYRE D'AMOUR.

NOTE DE L'AUTEUR.

Il nous était facile de publier un plus grand nombre de poésies; mais connaissant la faiblesse de nos talens, nous avons voulu ménager la patience des lecteurs, et par là nous assurer au moins la petite gloire d'être lu tout entier.

Nous joignons à ce Recueil une Biographie des poètes nés dans le département de la Charente. Heureux si cet opuscule, fruit de quelques recherches, contribue à nous mériter l'approbation indulgente de nos compatriotes!

Bassac, Avril 1829.

Biographie

DES POÈTES

Nés dans le département de la Charente.

BIOGRAPHIE

DES POÈTES

Nés dans le département de la Charente.

BARBEZIEUX (Richard de), troubadour de Saintonge, naquit probablement dans la ville dont il porte le nom, et mourut vers la fin du 14.ᵉ siècle. Pétrarque en a imité quelques chansons.

CHATEAUBRUN (Jean-Baptiste-Vivien de), membre de l'Académie française, né à Angoulême en 1686, et mort à Paris en 1775. Il y a dans *les Troyennes*, tragédie imitée d'Euripide et de Sénèque, des situations attachantes et de ces mouvemens attendrissans que l'on admire dans le poète grec. Châteaubrun fut moins heureux dans *Philoctète*, sujet tiré de Sophocle et traduit depuis par Laharpe d'une manière un peu servile. Deux autres tragédies, *Astyanax* et *Mahomet II*, ne valent pas la peine d'être mentionnées.

DELAUNAY (Louis) naquit à Confolens en 1734. Il fut d'abord jésuite, puis médecin, enfin poëte. C'est en cette dernière qualité qu'il se rendit dans la capitale en 1769, et présenta à la Comédie italienne *la Rosière de Salency,* opéra-comique. La musique, composée à Avignon, fut trouvée détestable à Paris, et les acteurs, les journalistes et le public ne voulurent couronner que *la Rosière* de Favart. Ceci occasionna entre les deux auteurs une discussion polémique, dont le ridicule tomba sur la tête de Delaunay.

FAVEREAU (Jacques), né à Cognac en 1590, mort à Paris en 1638, conseiller à la Cour des Aides. Ses vers, assez bons pour le temps où ils furent composés, sont : *la France consolée, la Prise de La Rochelle, épître à Louis XIII,* etc. Ce fut lui qui donna l'idée des *Tableaux du Temple des Muses,* et il voulait placer sous chacun d'eux un sonnet explicatif. Voici celui qui devait se trouver sous le tableau de Protée :

Qui voudra voir Protée et sa diversité,
Qu'il vienne voir ici comme, plein de finesse,
Un enfant dans ses rets enlace ma jeunesse,
Pendant qu'elle s'endort dedans l'oisiveté.

Il verra que mon cœur, se trouvant garotté,
Pratique pour s'enfuir mille tours de souplesse ;
Et, cuidant s'échapper du lien qui le presse,
Me fait à tout moment changer de qualité.

Ores, comme un lion de courroux je m'altère ;
Ores, comme un sanglier je deviens solitaire ;
Ores, conflict en pleurs, je parais un torrent.

Mais l'importun amour pour cela ne s'arrête :
Ains d'un nœud plus étroit, toujours, toujours serrant,
Me contraint de chanter et d'être son poète.

C'est à l'imitation de Favereau que Benserade composa dans la suite ses *Métamorphoses d'Ovide mises en rondeaux.*

FRANÇOIS Ier, comte d'Angoulême et roi de France, naquit à Cognac le 12 septembre 1494. Sa plus grande gloire en poésie est d'avoir protégé les poètes. On cite avec plaisir son dizain adressé à la duchesse d'Etampes :

Est-il point vrai, ou si je l'ai songé,
Qu'il m'est besoin m'éloigner et distraire
De votre amour et en prendre congé ?
Las! je le veux, et si ne puis le faire.
Que dis-je veux ? c'est du tout le contraire :
Faire le puis, et ne puis le vouloir ;
Car vous avez là réduit mon vouloir :
Que plus tâchez ma liberté me rendre,
Plus empêchez que ne la puisse avoir,
En commandant ce que voulez défendre.

On a aussi conservé le quatrain qu'il improvisa chez madame de Boissy, qui lui montrait un portefeuille où elle avait dessiné plusieurs portraits de

4

femmes célèbres. Le roi écrivit au-dessous de celui d'Agnès Sorel :

> Plus de louange et d'honneur tu mérite,
> La cause étant de France recouvrer,
> Que ce que peut dedans un cloître ouvrer
> Close nonnain ou bien dévot hermite.

François I.er mourut à Rambouillet, le 31 mars 1547, des longues suites d'une maladie alors incurable que lui donna une de ses maîtresses, la *belle Ferronnière.* Le mari de cette courtisane, furieux de se voir outragé par son roi, court s'infecter dans un lieu de débauche, et fait porter par sa femme sa funeste vengeance à son puissant rival. Cette aventure, racontée par une foule d'historiens, est décrite dans le poème de *la Panhypocrisiade* avec toute la force de talent, dont son auteur, M. Népomucène Lemercier, de l'Académie française, nous a donné tant de preuves. Nous sommes certain de faire plaisir à nos lecteurs, en leur transcrivant le discours que *Syphilite,* déesse immonde, adresse à la *belle Ferronnière :*

> Beauté, si fière encor de tes brillans attraits,
> Sens-tu mes doigts de plomb s'imprimer sur tes traits?
> Sens-tu se dépouiller l'or de ta chevelure?
> Pleure de ton beau cou la flottante parure!
> Pleure tes lys tombés au printemps de tes jours!
> Ton jeune âge se ride et fait fuir les amours.
> Des plaisirs criminels fatale corruptrice,
> Reconnais-moi; mon fiel en tes veines se glisse.

Tu n'oseras pourtant de ton sein attristé,
Confuse, repousser un amant redouté ;
Et perdus l'un par l'autre, et punis de vos crimes,
Tous deux vous périrez, mes illustres victimes.
Pleure! tu vas mourir; et lui, vers le tombeau
Courbant son corps, hélas! triste et honteux fardeau,
Long-temps plein de langueur, penchera sur son trône
Un front pesant et las du poids de sa couronne;
Et lui-même abhorrant l'opprobre de son sort,
Pour le salut de tous implorera sa mort.

(CHANT XIII.ᵉ)

JAVREZAC (N. DE), fut un de ces auteurs oubliés qui firent un peu de bruit dans ces temps où tout le monde littéraire se bouleversait pour le ridicule amour-propre de deux écrivains. Celui-ci se lança dans la grande querelle de Balzac avec le père Goulu *. Il était natif de Cognac. Sorti tout-à-coup de sa patrie, où il exerçait la profession d'avocat, il publia dans la capitale, sous le nom d'*Aristarque à Nicandre*,

---

* Jean-Louis GUEZ, sieur de Balzac, membre de l'Académie française, naquit à Angoulême en 1595. Ce fut lui qui, le premier, donna du nombre à notre prose, en faisant pour elle ce que Malherbe avait fait pour la poésie. Lassé des censures et des querelles que lui attirait son talent, il se retira en province, dans sa terre de Balzac, où il mourut le 18 février 1654. Il fut enterré à Angoulême dans l'hôpital de Notre-Dame-des-Anges, auquel il légua douze mille livres. Le sieur Moriscet, chanoine de cette ville, fit son oraison funèbre ; et un autre Moriscet, frère de celui-là, et avocat au présidial d'Angoulême fit imprimer un discours à la louange du défunt.

Jacques de la Mothe-Aigron et Paul Thomas, sieur de Girac, tous deux aussi d'Angoulême, défendirent Balzac, le premier contre les injures du père Goulu, et le second contre les sarcasmes de Costar.

son livre *contre Phyllarque (le P. Goulu), et Narcisse (Balzac), tout ensemble.* Mal en advint au pauvre Cognaçais : on l'attaqua dans son lit avec l'épée et le pistolet. Il est vrai que, jeune et vaillant, il poursuivit son ennemi jusque dans la rue; mais on en fit pas moins circuler un libelle intitulé *la défaite du paladin Javrezac ,* où l'aventure était racontée d'une manière bien différente. Cet écrit dit qu'on le surprit endormi entre les bras de la femme de son hôte, le jeudi onzième d'août 1628, à neuf heures du matin, et que l'on interrompit son sommeil par une salve de bastonnade, qui ne cessa que lorsqu'il plut à l'agresseur, vu que le paladin se résigna parfaitement à la Providence. La conclusion du libelle est que les amis de Phyllarque, « joints en ceci avec
» ceux du parti contraire, ont juré d'exterminer au-
» tant de Javrezacs qu'il s'en présentera, et de faire
» voir aux mauvais poètes, qu'outre le siècle d'or, le
» siècle d'airain et celui de fer, qui sont si célèbres
» dans les fables, il y a encore à venir un siècle de
» bois dont l'ancienne poésie n'a point parlé, et aux
» misères et calamités duquel ils auront beaucoup
» plus de part que les autres hommes. » On a prétendu que Balzac était l'auteur de ce pamphlet : il est toujours certain que, s'étant souvenu, sur son lit de mort, d'avoir offensé Javrezac, il l'envoya chercher pour avoir la joie de l'embrasser avant de mourir. Celui-ci en fut si touché, dit Moriscet, « que,

» sur l'heure, les yeux tout trempés de larmes, il » fit un sonnet pour pleurer à jamais la perte de son » ami. » C'est moins en honneur de ses vers qu'en mémoire de son aventure que Javrezac se trouve mentionné dans cette liste biographique.

MARGUERITE DE VALOIS, sœur de François I.er, reine de Navarre et protectrice de Marot, naquit à Angoulême le 11 avril 1492, et mourut à Ortez en Bigorre le 21 décembre 1549. Outre ses *Nouvelles,* d'un style souvent obscène, et qui peuvent donner une idée de l'honnêteté des mœurs qui régnait à la cour de François I.er et de Henri II, Marguerite composa des poésies où il y a de l'esprit et du naturel. Les vers suivans ont ce charme inexprimable des vers de Lafontaine :

> Pour être un digne et bon chrétien,
> Il faut à Christ être semblable ;
> Il faut renoncer à tout bien,
> A tout honneur qui est damnable,
> A la dame belle et jolie,
> A plaisir qui la chair émeut ;
> Laisser biens, honneur et amie :
> Ne fait pas ce tout là qui veut.

> Les biens aux pauvres faut donner
> D'un cœur joyeux et volontaire ;
> Faut les injures pardonner,
> Et à ses ennemis bien faire ;

S'éjouir en mélancolie
Et tourment dont la chair s'émeut ;
Aimer la mort comme la vie :
Ne fait pas ce tout là qui veut.

Les œuvres poétiques de cette aïeule de Henri IV
furent recueillies et imprimées en 1547 par Jean de
la Haye, son valet de chambre, avec ce titre : *les
Marguerites de la Marguerite des princesses , très-
illustre reine de Navarre.*

MONTALEMBERT (Marc-René de), fondateur
des forges de Ruelle, doyen des généraux et doyen
de l'Académie des sciences, né à Angoulême le 16
juillet 1714, mort à Paris le 22 mars 1802. Il se
délassait de ses immenses travaux sur les *fortifications*
par la culture des lettres. Ses petites comédies de
société, *la Statue , la Bergère de qualité* et *la Bohé-
mienne ,* ses contes en vers et ses chansons annoncent
beaucoup d'enjouement dans l'imagination.

NESMOND (Henri de), archevêque de Toulouse,
né en Angoumois, mourut en 1727. Il avait une
grande réputation d'éloquence , et l'Académie française se l'associa en 1710, à la place du célèbre
Fléchier. Un jour qu'il haranguait Louis XIV, la
mémoire lui manqua : « Je suis bien aise, lui dit ce
» prince, que vous me donniez le temps de goûter
» les belles choses que vous me dites. » Ce prélat avait
beaucoup de talent pour la poésie ; mais il aima mieux

donner à ses diocésains des leçons que des amuse-
mens. On cite de lui ce couplet moral :

> Iris, vous comprendrez un jour
> Le tort que vous vous faites :
> Le mépris suit de près l'amour
> Qu'inspirent les coquettes.
> Songez à vous faire estimer
> Plus qu'à vous rendre aimable;
> Le faux honneur de tout charmer
> Détruit le véritable.

PÉRUSE (Jean de la), né à Angoulême, y mourut
encore jeune en 1555. Il composa *Médée*, tragédie
qui « n'était pas trop décousue, dit Pasquier; et
» toutefois, par malheur, elle ne fut pas accompa-
» gnée de la faveur qu'elle méritait. »

SAINT-GELAIS (Octavien de), évêque d'Angoulême, né à Cognac en 1466, fut un des meilleurs
poètes de son temps. Il parut à la cour de Charles VIII et de Louis XII, moins en prélat qu'en
chevalier galant; et « la vieille galanterie, dit Paul
» Courier, est un mot de cour qui ne se peut hon-
» nêtement traduire. » Il ne faut donc point s'étonner,
d'après son genre de vie, si la plupart des poésies
de ce dameret mitré ne roulent que sur le plaisir :
ses vers, autant que ses mœurs, prouvent son peu
d'estime pour les femmes qu'il trompait :

> Pour être loyal à sa dame,
> Savez-vous ce qu'il en advient?
> De joyeux dolent on devient :
> Car point n'est de loyale femme.

Ailleurs il s'écrie :

> Bonnes gens, j'ai perdu ma dame :
> Qui la trouvera, sur mon âme,
> Car, bien qu'elle soit belle et bonne,
> De très-grand cœur je la lui donne.

On voit par les vers suivans que l'amour lui causa quelques souffrances morales ou physiques :

> De trop aimer c'est grand'folie,
> Je le sais bien quant à ma part, etc.

Il avait été nommé en 1494 à l'évêché d'Angoulême par le pape Alexandre VI *(horresco referens !)* et ce n'est qu'en 1497 qu'il vint y résider. Il y vécut d'une manière édifiante, et mourut en 1502, épuisé de ses anciennes débauches, à l'âge de 36 ans.

Il est le premier qui ait transporté dans notre langue les muses grecques et latines. Il mit en vers français plusieurs livres de l'*Odyssée*, toute l'*Enéide*, les *Héroïdes* et l'*Art d'aimer* d'Ovide. Il donna aussi la traduction de six comédies de Térence, et beaucoup d'ouvrages de sa façon : parmi ceux-ci se trouve *le Vergier d'honneur*, qu'il composa avec André de la Vigne; c'est l'histoire en vers et en prose de la conquête de Naples par Charles VIII.

SAINT-GELAIS (Melin de), fils naturel du précédent, naquit à Angoulême en 1491, surpassa son père dans la poésie et fut surnommé l'*Ovide français*. Il avait un certain rapport avec le poète latin par la facilité du style. Imitateur de Marot, il aimait beaucoup à railler et donna lieu à cette façon de parler du temps : *gare à la tenaille de Saint-Gelais.* François I.er se plaisait souvent à jouer aux impromptus avec lui : ce prince faisait les premiers vers, et de suite Saint-Gelais achevait le sens et les rimes. Un jour le monarque, flattant de la main le cheval sur lequel il allait monter, s'écria :

> Petit cheval, gentil cheval,
> Doux à monter, doux à descendre....

Le poète termina sur-le-champ le quatrain :

> Bien plus petit que Bucéphal,
> Tu portes plus grand qu'Alexandre.

Une autre fois il disait la messe à François I.er, dont il était l'aumônier ; ce prince l'aborda au moment où il prononçait son *introïbo ad altare Dei,* et lui dit à l'oreille :

> L'autre jour, venant de l'école,
> Je trouvai la dame Nicole,
> Laquelle était de vert vêtue....

Le prêtre répondit aussitôt par cette gaillardise :

> Ote-moi du cou cette étole ;
> Et, si soudain je ne l'accole,
> J'aurai la gageure perdue.

Il s'était brouillé avec Ronsard, en estropiant, par une basse jalousie, des vers de celui-ci, dont il s'était chargé de faire la lecture à Henri II, qui avait désiré les entendre. Saint-Gelais se reconnut coupable, et les deux poètes se donnèrent le baiser de paix. Melin de Saint-Gelais mourut à Paris en 1558 : c'est à lui que nous devons le sonnet qu'il fit passer d'Italie en France. Ses œuvres sont composées d'élégies, d'épîtres, de rondeaux, de quatrains, de chansons, de sonnets, d'épigrammes, et de *Sophonisbe,* tragédie en prose, qui ne fut représentée qu'une seule fois après la mort de l'auteur.

USSIEUX (Louis d'), né à Angoulême en 1744, mort à Paris en 1805, fut nommé en 1797 membre du Conseil des Anciens. Sciences, politique, histoire, littérature, journaux et théâtre, il a tout cultivé. Il fit jouer, avec Imbert, *Gabrielle de Passy,* parodie de *Gabrielle de Vergy,* tragédie de du Belloy.

VALLETRYE (N. de la) vivait en 1602 : on le croit d'Angoulême. Il a fait des épitaphes, des devises, des poèmes, *les Amours, le Faux honneur des dames, l'Amour mercenaire et friponnier,* et une pastorale en cinq actes, intitulée *la Chasteté repentie.*

VILLIERS (Pierre de), d'abord jésuite, puis bénédictin, naquit à Cognac en 1648, et mourut à Paris le 14 octobre 1728. Outre plusieurs sermons assez estimés et quelques ouvrages de piété et de littérature, il a composé trois poèmes intitulés : l'*Art de prêcher*, l'*Amitié* et l'*Education des rois dans leur enfance ;* deux livres d'épîtres, des pièces diverses, etc. M. de Saint-Surin, notre honorable compatriote, rapporte, d'après Monchesnay, qu'un jour Boileau se leva tout-à-coup de son siége au récit que faisait l'abbé de Villiers d'une petite pièce de vers où s'était glissé le terme de *mauvais vent :* « Ah ! » Monsieur, s'écria-t-il, voilà qui mettra en *mau-* » *vaise odeur* tout votre ouvrage. » Cet écrivain, que Boileau nommait *le Matamore* à cause de son air audacieux et de sa parole impérieuse, avait le bon esprit de faire peu de cas de ses vers, qui cependant ont le petit mérite de la correction.

Note. PLUSIEURS Angoumoisins ont cultivé la Poésie latine avec succès ; mais nous n'avons ici nommé que ceux qui ont écrit dans la langue nationale.

MM. les Poètes vivans ne se trouvent point non plus mentionnés dans cette Notice ; nous avons craint de blesser ou leur modestie ou leur amour-propre.

TABLE

De la Lyre d'Amour.

FIN DE LA TABLE.

www.ingramcontent.com/pod-product-compliance
Lightning Source LLC
Chambersburg PA
CBHW071249210626

46818CB00013B/627